청어詩人選 471

내 안의 두레박

이명경 시집

청어

내 안의 두레박

이명경 시집

자서(自序)

젊은 시절 잠시 TV드라마를 썼습니다. 40세에 대학원에 입학해 8년 만에 불문학 박사 학위를 취득해 대학에서 12년간 강의했습니다. 1997년 IMF 때 가까운 친척 회사에 보증 서준 것이 크게 잘못돼 그 수습을 위해 강단을 떠나야만 했고 수습 과정에 대장암 발병으로 10년 이상 투병했습니다. 그 와중에 동화책『우리 집 강아지 세리』를 펴냈고 인문학 서적『생텍쥐페리 문학과의 만남』과 장편 소설『달항아리』도 출간했습니다.

뒤늦게 팔순에 시인으로 등단해 이제 시를 쓰는 것은 모든 문학 장르의 뿌리가 같은 것이기 때문일 것입니다.

틀을 벗어나고 싶어 그냥 내 방식대로 가보았습니다. 가다 보니 미학보다는 철학 쪽입니다. 다소 자기 고백적 느낌이 묻어있는 것 같기도 합니다.

인생길 석양에 마지막 힘을 다해 쏟아놓은 것들이 독자들에게 작은 의미라도 되어준다면 더 이상 고마울 게 없겠습니다.

2024년 겨울

이명경

차례

2부 사랑, 가깝고도 먼 길

3부 다시 철학으로

4부 그리움의 잔상

5부 이래저래 넋두리

1부

아! 인생

내 안의 두레박

내 안에는 나만의 두레박이 있다
마음 곱게 옷 입히고
아무도 몰래 그 두레박을 타고
겁 없이 깊은 샘으로 내려가
보물을 건져 올린다

참 이상하다
나이를 먹을수록
두레박 줄이 길어져
점점 더 깊이 내려갈 수 있다는 것이

참 신기하다
깊이 내려갈수록
더 진귀한 보물들을 만날 수 있다는 것이

믿을 수가 없다
영혼의 샘은 마르지 않고
길어 올릴수록
더 새로운 영성으로 채워진다는 것이

풍상의 깊이는
지성에서 영성으로 가는
순례길에 동반자요 안내자로
제가 먼저 길을 나선다

삶이 껍질 벗다

삶이 되바라져 스스로 껍질 벗고
덜렁 알몸이 되었다
가볍고 허망한 모습으로 춤추며 달아난다
손가락질하며 놀려댄다
여태 속여서 미안하다고
착각 속에 살게 해서 미안했다고

삶의 끝자락에 뒤통수치고 달아나는
그 가소로운 형해(形骸)
정열, 욕망, 쾌락이 껍질을 붙잡고 있었다
아집, 집착, 오만이 껍질을 도배하고 있었다
삶의 속임수에 속절없이 놀아났다

알몸 되니 춥고 허망하다
쓰리고 아리다
별무늬 망토 입고 별방울 소리 듣던
엄마 뱃속이 그립다
둥둥 다시 떠 태고의 신비와 교신하고 싶다

카르마(karma)

씨줄과 날줄의 교차점에
인연 따라 정확히 탄착해
시린 바닷물살에 끝없이 시달리는
그대 슬픈 생명이여
그대 무슨 연유로 이 고해에 떨어져
죄로 지쳐 비탄의 한숨을 줄기차게 내뿜는가

전생의 그대 업보가
무엇이었는지 알기나 하는가
그럼에도 불타는 목마름으로 환생하여
어디가 늪인지 알 수 없는
이 웅덩이에서
끝없는 욕망의 윤회 바퀴를
또다시 굴리려 하는가

아, 잔인한 숙명이여
대책 없는 질곡이여

끝까지는 가 봐야

가다가 문득 멈춰 보니
자욱이 드리워진 두꺼운 안개
끝없이 막막하고 아득한 길

처음부터 알았더라면 들어서지 않았을
그러나 들어섰으니 끝까지는 가 봐야 하는
굽이굽이 돌부리에 차여 절룩대며
악에 받쳐 정신 없이 가고 있는 길
되돌아가라면 죽어도 못 갈 길
어떻게 예까지라도 왔나

도저히 더는 갈 수 없어
시간조차 정지시켜 가두어 버리고
현실이 아니라 꿈이라고
꿈은 언젠가는 깨는 거라는
의식의 벼랑 끝 속삭임 따라
시간과 공간을 뛰어넘어
저 깊고도 먼 수면의 나락으로 빠졌다

도대체 얼마만큼의 시간이 흐른 걸까
깨어나 눈을 떠보니 시리도록 눈부신 하늘
정지된 시간이 풀려 사라진 안개

그 자리에 뜬 상서로운 쌍무지개
아, 이건 기적
하늘의 조화(造化)
끝까지는 가 봐야 안다

모태신앙에 대해

모태신앙은 자신의 의지가 아니다
부모의 신앙이 곧 자기 신앙

모태 신앙에 머물다 드물게는
다른 종교로 옮겨가기도 하고
이쪽 종교에서 저쪽 종교로
저쪽에서 이쪽으로
자유롭게 건너다니는 사람도 있고
종교의 굴레 벗어던지고
범종교나 탈종교로 가기도 하며
자기 자신이 신앙인 겁 없는 사람도 있어

그들을 누가 말리겠는가
하느님 말고는 못 말리지

태초에 천지 만물을 창조하신 하느님
삼국시대 고려시대에도 그 하느님은 계셨어
여러 다른 모습으로
어느 쪽에도 편들지 않으시며
묵묵히 세상을 주관하셨어

태초부터 지금까지 변함 없이
늘 같은 저울과 잣대로 인간을 재신
공의로우신 하느님
나는 영(靈)이신 그분을
의인화(擬人化)한 ‘하느님’이 아니라
그냥 ‘하늘’이라고 부르고 싶다

인생은 영화 필름

인생은 사연
각자 다른 스토리의 영화 필름 한 통씩 들고 태어나
다음 장면 모르고 펼쳐지는 긴 영화 스토리

인생은 킬링 타임
주어진 시간 속 아슬아슬한 줄타기의 연속
초년 중년 말년 시나리오가 각자 다 달라

인간들은 금수저 은수저 흙수저 운운하지만
하늘은 공평해서
먼저 된 자가 나중 되고 나중 된 자가 먼저 되고
어떤 이는 끝이 좋으면 다 좋다고 하고
어떤 이는 과정이 중요하다고도 해

다 맞는 말이기도 다 틀린 말이기도 하지
말이란 원래 늘어놓기 나름

인생은 자기 필름의 순서대로 가다가
쓸모없는 이기적 스토리로만 이어지면
원치 않아도 갑자기 필름이 멈출 수 있는 법

필름의 길이 조정은 하늘의 소관
삶의 철학이 송두리째 바뀌어
세상과 타인에게 쓸모 있는 시나리오를 쓰면
하늘의 긍휼함이 함께 해
가까이서 대기하고 있던 기적이
잰걸음으로 달려와 얼른 필름 길이를 늘여놓지

맞춤 인연

이성 간에도 괜히 이쁘기도 괜히 밉기도 하고
동성 간에도 어쩐지 끌리기도 왠지 거부감 들기도 하지
식구 간 친구 간 동료 간에도 마찬가지
그 이유를 설명하자면 말이 궁해져

인간의 본능과 육감은
대번에 서로 잘 맞는지 아닌지 알아
뜨겁디뜨거운 기질은
시원함 주는 인연에 끌리고
차갑디차가운 기질은
따뜻함 주는 인연에 저절로 녹아들지

둘이 만나 서로 주거니 받거니
서로의 필요를 채워줘야
평생 소중하고 귀한 맞춤 인연

성격 차이로 이혼한다는 건
물과 기름 같기 때문이고
잘 어우러지면 부부 싸움은 칼로 물 베기

모든 것에는 다 음양(陰陽)과 합(合)이 있고
인간관계는 더더욱 그러하지

지금 내가 사는 곳

어릴 적 내가 살던 집 바로 옆에 교회당이 있었어
새벽 4시면 교회 종소리에 단잠에서 깨곤 했어
절에 다니시던 할머니는 그 종소리를 원망했었지
음력 초하루와 보름이면 할머니 따라 절에 갔었어
스님 법문은 뒷전이고 절밥에만 관심 있었어

서른일곱에 성령 체험하고 교회에 열심히 다녔어
기독교가 아니면 종교가 아니었고
성경이 아니면 책이 아니었으며
찬송가가 아니면 노래가 아니었어

삼 년 후 다시 성령 인도로 대학원에 입학해
동양사상과 마주하게 됐어
유교 불교 도교
유불선 삼교를 만났지
생경한 그 세계에 푹 빠졌어

지금 나는 모든 종교가 같이 숨 쉬는
그 종교들의 향기가 하나로 피어나는
경계 없는 그곳에서 참 자유인으로 살고 있다네

가까이 있는 인연

인연을 멀리서 찾으려고 애쓰지 말아요
가까이 있는 인연이 더 큰 인연일 수 있어요
마음을 한데 모아 가까이 있는 사람 잘 들여다봐요
사람은 누구든 소중한 존재고
누구나 한 가지 재주는 다 갖고 있어요
서로 필요가 다를 뿐이니
내게 모자라는 거 받고 내가 많이 가진 거 주면 돼요
그렇게 잘 어우러지면
생각지도 못한 행운이 찾아올 수 있어요
세상에 좋은 일들은 처음엔 다 그렇게 시작되죠
재미있어요 세상살이
가까이 있는 좋은 인연 만나면요

엎어버린 보리국수

—오래전 노(老)교수님께 들은 얘기 재구성한 것임

가을걷이를 한 뒤 보리 파종을 하던
한 농부가 옆에서 거들던 친구에게
내년 여름에 시원한 보리국수 실컷 먹자고
듣고 있던 그 친구,
그 국수 먹을 수 있을지는 그때 가 봐야 안다고
무슨 그런 소릴 하냐고 코웃음 친 그 농부는
겨울에 보리가 웃자랄까 봐 열심히 밟아주며
맛있는 국수 먹을 생각에 부풀었어

이듬해 보리 수확을 하면서
친구에게 이제 곧 국수 먹게 되었다고 하자
그 친구, 또 그때 가봐야 안다고
그 농부, 약이 오르기 시작했어

드디어 국수 먹는 날
그 농부, 국수 삶으면서 조금만 기다리면 된다고
그러자 그 친구, 아직 모른다고
화가 머리끝까지 오른 그 농부,
국수를 말아 친구 앞에 한 그릇 자기 앞에 한 그릇 놓으며
큰 소리로 이래도 아직 못 먹는단 말인가

그 친구, 또 아직 모른다고
바싹 열 받은 그 농부, 흥분해 국수 그릇을 번쩍 들며
자네 진짜 끝까지 날 놀릴 셈인가 하다가
그만 실수로 국수 그릇을 엎어버렸어
그 친구, 그것 보라고 가 봐야 안다고 했잖냐고
얼굴이 시뻘게진 그 농부,
친구 국수 그릇을 면전에다 내동댕이 쳐버렸어
그 친구, 앗! 뜨거 뜨거 하면서도
내빼고 있는 그 농부 등 뒤로
그것 보라고 못 먹었잖냐고, 먹어야 먹는 거라고

옛 한국 여인네들의 한(恨)

여자가 한을 품으면
오뉴월에도 서리가 내린다는 옛말
그 근거는 과연 존재하는가

여자는 공부 많이 하면 안 된다
재주 많은 여자는 팔자가 세다
가무(歌舞)에 능한 여자는 기생 팔자다
암탉이 울면 집안이 망한다

얼토당토않은 논리와
지독한 남존여비의 틀에 갇혀
타고난 자신의 끼를 알아보지도
발휘할 기회도 얻지 못한 채
남자는 하늘, 여자는 땅이라는 굴레 속에서
노예 아닌 노예로 살다 간
한 많은 옛 한국 여인네들

요즈음 세상을 떠들썩하게 하는 인기 트롯 프로 속
젊디젊은 여가수들의
노래 솜씨 춤 솜씨에 혀가 절로 내둘린다
그 신묘한 에너지는 도대체 어디서 끌어온 것인가

그녀들은 한을 품고 죽어간 옛 여인들의 환생이 아닐까
정말 그런 건 아닌지 숙연해진다

찐무명 가수

죽을힘을 다해 영혼을 오롯이 태우는
찐무명 가수들
그들 가슴 저 밑바닥의 광기 어린 에너지는
인간의 에너지가 아닌 하늘의 정기(精氣)다

끝 간 데 모를 어둠 뚫고
긴 무명의 서러움이
통곡의 한(恨)으로 뿜어져 나오는
감당할 수 없는 그 에너지와 기교는
절박함이 벼랑 끝이라는 증표
그 처절함이 슬프디슬프다

갈수록 더 강력한 또 다른 찐무명의 등장은
이 약육강식의 섬뜩한 정글의 필연

도대체 이 진화는 끝이 어디까지인가
끝이 있기나 한 건가

아, 현기증 나는 이 현실 잠시라도 외면하고 싶다
또 다른 찐무명들이 어딘가에서 몸부림치고 있을

손두부 아줌마

손두부 네 모 메밀묵 세 모 시금치 두 단 놓고
겨울철 거리 시멘트 바닥에서 호호 손 불며
새벽 네 시에 일어나 직접 만든 손두부라 맛있다며
손님을 부르는 아줌마
그냥 지나치는 행인들
나와 눈 마주치자 웃는 그 아줌마
두부 반 모에 야채 약간 사과 한 개가 아침 식사인 나도 웃는다
"전부 얼마예요?"
"딱 2만 원이네요 다 사시게요?"
"네"
"고맙습니다 다 떨어주셔서 일찍 집에 가면 애들이 좋아하겠네요"
물건 건네받고 돌아서면서
아줌마 하루 매상이 궁금하다 애들도 궁금하다
너나없이 다들 왜 이렇게 사는 게 힘든가
그래도 아줌마 얼굴엔 생기가 감돈다

먼저 된 자, 나중 된 자

먼저 된 자에겐
연륜이 쌓일 기간이 적어 나이테 가늠이 어렵고
나중 된 자에겐
세월 숫자만큼 나이테가 뚜렷하다
나이테 숫자가 바로 내공(內功)

먼저 된 자는 정신 근력이 약하기 쉽고
나중 된 자는 그 반대일 가능성이 높다
먼저 됐다고 좋아할 것도
나중 됐다고 한탄할 것도 없다

먼저 되면 자신감 충만한 삶을 빨리 맛보게 되지만
자칫 오만함에 빠져 제 발등 찧기 쉽고
처음은 미미했지만 끈질기게 달리다가 나중 되면
겸손함의 향기가 배어나는 법

먼저 되고 나중 됨은 본인 의지가 아니다
먼저든 나중이든 한번 그릇으로 빚어졌다면
어떤 상황에서든 자신을 내려놓고
감사와 만족을 찾아내는 지혜로움과
베풀 줄 아는 마음으로
잔잔히, 그러나 열심히 살아가는 삶의 자세가 중요하다

생명은 슬픔이야

넌 어떻게 생각하니
내겐 생명은 슬픔이야
예쁘게 보이려고 애쓰는 애처로움
슬픔이 아니겠니
사랑받기 위해 쓰는 안간힘
슬퍼 보이지 않니
비바람 찬 서리 견디는 생명의 고통
슬픔 아니고 무엇이겠니
살기 위한 몸부림
처절하지 않은 게 하나도 없으니
생명은 슬픔이 맞아

사람들은 말하지
생명은 기쁨이라고
한땐 나도 그런 줄 알았어
하지만 살다 보니
생명은 분명 슬픔이더라고
아주 진한 슬픔
그래서 우린 모두 서로 보듬어야 해
그 슬픔 나눠 가져야 하니까
그래야만 살 수 있으니까
그래야지 살 수 있으니까

잔인한 예술혼

옛날에 밥도 안 먹고 그림만 열심히 그리는
어떤 가난한 화가가 있었어
밥을 안 먹는 게 아니고 먹을 밥이 없었던 거지

그 사람 그림 솜씨에 탄복한 옆집 부자는
배가 고픈데도 저렇게 그림을 잘 그리는데
배가 부르면 얼마나 더 잘 그릴까 싶어
안타깝고 불쌍한 그 화가에게 큰돈을 쥐어주었어
그랬더니 그 사람 그림은 뒷전이고
그만 주색잡기에 빠지고 말았어

그 부자는 후회하며 가난뱅이 화가를
다시는 거들떠보지 않았는데
돈이 다 떨어지자
다시 그림을 그리기 시작한 그 화가를 보며
그 부자는 깨달았어
배가 고파야 좋은 그림이 나온다는 것을
예술혼은 참으로 잔인하다는 것을

활짝 웃어요

활짝 웃어요 누구에게든
웃고 있는 사람도
같이 웃어주는 사람도
똑같이 기분 좋잖아요
누군가를 기분 좋게 하면
당신은 이미 복을 지은 거예요
얼마나 쉬워요
그냥 웃었는데 복이 쌓이니

잘 웃는 사람치고 나쁜 사람 없어요
늘 웃어요 자꾸 웃어요
소리 내어 크게 웃어요
몸도 마음도 몰라보게 좋아져요
웃음보다 더 건강에 좋은 약은 없어요

웃으면 세상이 나를 위해 돌아가요
해도 달도 나를 위해 뜨고요
자신감도 생기고 자존감도 따라와요
믿어요 믿는 대로 돼요
웃을 일이 없어도 억지로라도 웃어요
하하하 호호호
네 그렇게요
하하하 호호호

2부

사랑, 가깝고도 먼 길

바로 그 당신

처음엔 잘 몰랐어요
보랏빛 도라지꽃 잎에 물고
파르르 입술 떨며
조곤조곤 다가온 당신

전생 어느 별 길모퉁이에서
우연히 만났을 때
다음 생에서 만나자고 한 약속
잊지 않고 찾아온 바로 그 당신이란 걸

고마운 당신
타는 듯한 당신 눈빛에 감전된 순간
녹슬어 멈춰있던 내 심장 다시 뛰어요

만날 사람은 꼭 만나고야 만다던 당신
하늘이 엮어준 소중한 우리 인연
맞들고 잘 가꾸어
이생 지친 영혼들 숲과 샘으로 머물다
때가 되면
따뜻한 기억 가슴 가득 안고
소중한 당신
우리 다정히 손잡고
삼도천 건너 다음 생으로 돌아가요

인연

반쪽으로 태어나 나머지 반쪽 찾아
맴돌고 돌아 다진 피투성이 밭
바람결에 묻어와 몰래 둥지 튼
이름 모를 슬픈 씨앗

눅눅한 봄기운에 새순 되더니
태양 아래 방실방실 초록물 들이고
달빛이 쓰다듬고 별빛이 곰삭혀
포동포동 뭉게구름 들러리 서던 날
미리내 너머 쏘아 올린 염원의 화살

시간도 공간도 존재하지 않는
진공 속의 긴 기다림
납덩이 되어 날개 달고 추락할 때
화살촉 인력 지축(地軸) 흔들며
끝내 나머지 반쪽 심장 꿰뚫었다

아, 태초부터 약속된 금쪽같은 인연이여

한때 내 안의 그대

그대는 한때 내 안의 여인이었어요
먼발치에서도 빛을 뿜어주는
나의 충전기요 삶의 의미였죠

가까이서 바라보면
닳을 것 같아 다가가지 못하고
뒷전에서 가슴만 두근두근
그 세월 난 참 행복했어요

예정된 이별식은 나 혼자 치렀죠
회한은 없어요
우린 인연이 아니었으니까요
단 한 번 보내준 그대 따뜻한 미소
그걸로 족해요

난 그때의 추억으로
험한 세상 파도 잘 견뎌내고 있으니까요
가끔 밤하늘 별 속 그대 모습 바라보며
미소 짓는 나를 잊지는 말아줘요
그대 한때 내 안의 여인이었음에

너랑 나랑

너의 초롱초롱한 눈빛에 저며들어
사랑의 요술에 빠져들곤 해
시간이 솜사탕 같아
1시간이 10분으로 느껴져

부탁이야 제발 우직한 나 떠나지 마
세상 먼지 속으로 빨려들지도 마
순백의 영혼
지금 이 모습 그대로
나의 숲 너의 샘물 쉼터에서
우리 서로 지켜주기로 한 약속
하나 둘 셋 앞다투어 튀어나와
말을 거는 저 별들에게
지구 바깥에 뿌려두자 심어놓자
우리 그러자
너랑 나랑

너무 큰 너

너는 너무 커
너무 자신감 넘쳐
네 앞에만 서면
난 종이인형 된 기분이야

지난번 오페라 공연 때
턱시도에 나비넥타이 오페라글라스까지
네 모습 보며 난 점점 더 작아진 기분이었어

어제 레스토랑 풀코스 런치
부담돼 소화도 잘 안됐어
난 냉면에 만두가 더 좋은 여자야
나한테 잘 보이려는 네 마음 알아
하지만 네가 다가온 거리 두 배만큼
내빼고 있는 내 마음 알기나 하니

네가 내려와 줘 어렵더라도
내가 올라가는 거보단 쉽잖아
그렇지 않으면 미안한 마음 두고 떠날 수밖에
평생 후회하며 울지언정

그대가 딱이에요

묻기 전엔 먼저 말하지 않는 그대
천성이 그런가요 그런 척하는 건가요
미소로 넌지시 답하는 그대 푸근함
속 깊은 그 모습
너무 멋져 가슴 떨려요
무엇과도 바꿀 수 없는 매력이에요

궁금하면 살짝씩 물어도 돼요
뭐든 속 시원히 답해 줄 테니
지금처럼 미소로 몸짓으로 귀띔만 해줘요
나 무슨 얘긴지 다 알아들을 수 있어요

찾고 또 찾았는데 드디어 나타났네요
수다 떨기 좋아하는 나
말 없는 그대가 너무 신비로워요
내겐 그대가 딱이에요
남의 말 묵묵히 잘 들어주는 그대가요

그대 있음에

멀리 있어도 잘 보이는
멀리 있는데도 가까이 들리는
멀리서도 향기 물씬한
멀리 있지만 달디단
멀리서지만 숨결이 느껴지는
멀리서부터 신비한 얘기 걸어오는

아, 고마운 그대
그대 있음에 살아 있는 따사로움 있음을

둘이서 하나 되어

예부터 예정된 연분이기 때문일까요
첫 만남부터 모든 것이
어찌 이리도 익숙하고 편안한지요
무슨 몸짓을 하건
어떤 표정을 짓건 살갑기만 한 당신
세상에 태어나 처음 느끼는
설명할 수 없는 이 소중한 설레임

아, 당신은 무슨 까닭으로
살랑이는 소슬바람에 사뿐히 실려 와
느닷없이 내 영혼 깊숙이 파고들어
내 반쪽이 되셨나요
나 당신 반쪽으로
존재해야 함 이미 알고 있었기에
애초부터 오고 있는 당신
아무도 눈치 못 채게 연모하며 기다렸어요

신비한 빛 가득 안고 눈부심으로 다가온 당신
나는 그 빛으로 지은 옷 단정히 차려입고
당신의 그림자로 늘 제 자리에 있을게요

고귀한 당신
우리 이 탁한 세상 한가운데서 흐트러짐 없이
서로 어루만지고 보듬으며
물처럼 바람처럼 그렇게 그렇게 살아가요

사랑이 찾아왔습니다

생각만 하면 가슴 아련한 사람이 있습니다
다가가면 그대로 안기고 싶은 사람이 있습니다
걸어가다 보면 살포시 팔짱 끼고 싶은 사람이 있습니다
그냥 바라만 보아도 남김없이 다 주고 싶은 사람이 있습니다

살며시 사랑이 찾아왔나 봅니다
그 사랑이 말하네요
사랑보다 더 좋은 건 이 세상에 없다고

그래서 사랑에게 답합니다
사랑님, 고맙습니다 제게 찾아와 주셔서
그리고 부탁드립니다
이 세상 모든 곳에 당신을 아낌없이 고루 뿌려주시길

늘 생각나는 사람이 있어

늘 생각나는 사람이 있어
하루가 열두 시간처럼 느껴지고
늘 생각나는 사람이 있어
진종일 생기 반짝거리고
늘 생각나는 사람이 있어
밤하늘 별과 달이 벗이 되고
늘 생각나는 사람이 있어
가슴 가득 흐드러진 꽃밭이고
늘 생각나는 사람이 있어
힘든 세상에 등불 켜지는

아, 그런 사람이 있어 참 좋습니다

난 아직 그대 못 잊었는데

길을 가다 누군가의 뒷모습에서 그대를 느껴요
그대 목소리 닮은 누군가를 조용히 훔쳐봐요
그대 닮은 사람 스쳐가면 가슴 철렁해요
나 아직 그대 못 잊고 있나 봐요

잊으려 할수록 더 커져만 가는 그리움
토닥이며 달래느라
낮에는 그대가 주인공인 시를 쓰고
밤에는 공원 벤치에 앉아
그대가 불러주던 노래를 읊조려요

그리운 그대
내 마음 몰라줘도 괜찮아요
그리운 사람 끝 간데없이 그리워하는 건
얼마나 가슴 떨리는 애잔함인지요

보름달이 말을 걸어오네요
도화지가 되어줄 테니 그대 모습 실컷 그려보라고
기억 곳간 문 여니
우르르 앞다투어 쏟아지는 그대 모습들
하나 하나 추억하며 그리다 보니
가슴 찡해 눈물 고이네요

그리운 그대
이 밤, 부디 내 마음 전해져 내 꿈길로 오세요
눈송이처럼 하얀 안개꽃 한 아름 안고
나 저만치서 기다리고 있을게요

그대 바라보다 어느덧 가을

그대와 인연이 시작된
7호선 지하철 고속터미널역 퇴근 시간
우르르 밀며 내리는 사람들 속에서
그대 발등을 질끈 밟고만 내게
괜찮다며 포근하게 웃어주던 그 미소에 마음 뺏겨
그대 빠져나가는 3번 출구 몰래 눈에 담고 돌아섰던
그 어느 봄날부터 시작된 가슴앓이
먼발치에서라도 보려고
퇴근길 그 출구 근처에서 서성이곤 해요

우연을 가장하고 몇 번 스쳐지났을 때
던져주던 그대 눈길 왠지 관심으로 느껴져요
혹시 그대도 나한테 끌렸던 건 아닐까
기분 좋은 상상하며 미소 머금곤 하죠

아직 말 한번 걸어보지 못했지만
그대와 다정히 거니는 내 모습 그리다
어느덧 가을이네요
지금 그 3번 출구에 나도 모르게 또 서 있어요
혹시 오늘 마주치면 다가가 말 한번 걸래요
상냥한 미소로 간절한 내 마음 받아줘요

우리 그렇게 한번 시작해 봐요
나 괜찮은 남자거든요
그대가 보이지 않아 섭섭한 마음 안고
그냥 돌아서는 일 없기를 빌고 또 빌어요

사랑아, 대답해주렴

머뭇거리지 않고 다가갈 수 있는
사랑이 어디 있으랴
가슴 졸이지 않고 움트는
사랑이 어디 있으랴

숨어서 조마조마한 마음 다스리고
살포시 다가가 조용히 미소 던지며
뒤돌아서서 두 손 모아 간절히 기도하는
아, 사랑아
너는 어찌 이토록 어려운 화두(話頭)로 다가와
나의 속 깊은 곳에 예고 없이 둥지를 틀었느냐

사랑아, 이제야 너와 함께 가려는 먼 길
너를 품고 어느 만큼까지 가야
너를 바라보며 어디까지 낮추어야
너에게 안길 수 있는지 대답 좀 해 주렴

사랑아, 가는 길이 아득히 멀지라도
가다가 혼자 시들어 사라지는 슬픈 사랑 말고
먼발치에서라도 볼 수 있는 그런 사랑으로 남아주렴

사랑아, 이 세상 모든 사랑이
아프면서 피어나겠지만
혹여 너와의 사랑 너무 쓰라려
끝내 못다 피운다 해도
먼 훗날 말하고 싶다
남김없이 사랑했으므로 아름다웠다라고

기다리다 삭아버린 세월

아니, 이제 와서 못 오시겠다니오
어쩌자고 이러십니까

가슴에 담고 산 세월
바라보며 산 세월
기다리고 기다리다 삭아버린 그 세월
홀연히 먼지가 되어 날아갔습니까
갑자기 구름이 되어 떠내려갔습니까
그 세월 다 어디로 갔단 말입니까

당신도 나도 첫 인연은 아니지만
황혼길에 첫사랑처럼 설레었던 그 애틋함
당신도 나 같이 느꼈으리라 믿었건만
이제 와서 못 오시겠다니
당신 앞에 주저앉아
그대로 돌이 되고 싶은 이 내 심정
당신이 헤아려 주지 않으시려거든
차라리 시커멓게 타버린 내 심장 밟고나 가소서

그는 갔습니다

그는 갔습니다
내 마음 흔들어만 놓고
그는 갔습니다
내 마음 아니 어루만져 주고

그는 갔습니다
어설픈 약속만 남기고
그는 갔습니다
해설픈 미소를 뒤로 하고

그는 갔습니다
서러운 기억들을 묻으라 하고
그는 갔습니다
싸늘한 등을 꼿꼿이 세운 채

이제는 그를 보내려 합니다
서로의 인연이 끝자락에 서 있음에

어싱(Earthing)

지구는 거대한 음전하 배터리
병의 원인인 몸속 정전기는 양전하

맨발로 흙을 밟는 순간
몸속 양전기가 대지의 음전기에 흡수되며
몸속 세포들이 살아나 춤을 춘다
몸이 느낀다
세포의 활성화로 혈액 순환이 원활해져
병증들이 서서히 설 곳을 잃고 있다는 걸

자연 속 야생짐승들을 보라
종일 햇볕을 쬐며 대지로부터 발 마사지를 받고는
밤이면 흙을 요 삼고 나뭇잎을 이불 삼아 잠든다
자연과 공명하며
자연의 질서를 벗어나지 않는 그들에겐
비만도 질병도 없다

왜 이제야 알았을까
대지가 강력한 항산화제라는 것을
문명이 망쳐놓은 내 육신이 맨발로 흙 밟으며
지구의 속삭임과 만나니 치료된다는 것을
고달픈 삶에 쫓겨
아무 개념 없이 산 긴 세월이 한탄스럽다

내 발아
그동안 너를 두꺼운 양말과 무거운 신발에 가두어
숨도 못 쉬게 감옥살이시킨 잘못 미안하다
내 체중 지탱하느라 수고하는 너를
밤마다 보듬고 결결이 주물러주마
사랑하는 내 발아, 미안하고 고맙다

3부

다시 철학으로

세상은 허상(虛像)

육안으로 보이는 이 세상은
3차원의 물질세계
고차원 세계의 그림자인 연극 무대
무대 장치는 얄팍한 도금(淘金)

분칠하고 가면을 뒤집어쓴 인간들은
주어진 역할을 연기(演技)하는 배우들
막이 내리면 가차 없이 순서대로 무대를 떠난다

허상의 세계에 막무가내로 찌들은
죽도록 길들여진 그들은
어디서 영원에 대한 취미를 끌어낼 것인가

신(神)의 존재가 당위성을 갖는 가장 큰 이유이다

심안(心眼)이 열리면

심안이 열리면 세상 반대편이 보인다
다른 사람이 못 보는 것이 눈에 들어온다
육감이 발동해 사물의 본질을 볼 수 있다
사람의 육안은 지식을 쌓을 뿐이고
지식이 두터워지면 육감이 퇴화한다

원초적 육감으로 무장한 미물(微物)들은
영혼이 맑아 삼라만상의 꿈틀거림을 감지할 수 있다
심안이 열려있는 그들은 죽음의 위험이 닥쳤을 때
하늘의 음성을 바로 감지하고
먼저 그 위기에서 탈출하는 초능력자들이다

심안이 열리면 잠재되어 있던 창의력이 발휘된다
영원 속에 잠들어 있는
우리가 천재라고 부르는 사람들에게 물어보라
그들의 천재성이 대체 어디서 온 건지
그들을 깨워 물어볼 일이다
과연 그들이 우리에게 어떤 답을 줄지 궁금하다

죽음이란

죽음은 슬프지 않다
때가 되어 무겁고 낡은 육신의 껍데기 벗어던지고
존재의 본향으로 돌아가는 아름다운 여행이므로

존재의 본향은
현상세계로 내던져지기 전의 상태인
심층무의식 세계
열반적정의 상태
모든 번뇌의 불꽃이 꺼진 영원하고 완전한 세계

삶과 죽음이 하나인 그 세계에서
존재는 다시 환생의 열망을 품는다

그러므로 죽음은 반전이고 소망이고 환희고
또 다른 삶의 시작이다

삼라만상의 본디 모습

마음이 사념과 개념을 다 비우고
오로지 직관을 통해서 작용하는
깊은 명상 상태인
맑고 투명한 그 마음자리에
하늘 기운 내려와
근원 모를 새벽 정화수 심령 속에 철철 넘쳐
삼라만상 때 벗으니
드러난 본디 모습
영적으로 엉클어져 넓혀진
하나의 대생명체

사랑과 미움, 선과 악, 삶과 죽음이
언어, 논리, 관념을 초월해 하나 되는
본래 마음자리, 무아(無我)의 그곳
모든 생명체 서로 껴안고 뒤엉켜 노래하니
울려 퍼지는 합창 소리 태초로 이어진다

말의 속성

말은 공허한 기호
생명의 꿈틀거림을 못 잡아내는
허망한 물건

말은 조작된 허구
이론과 실제의 괴리 앞에서
속수무책인 허수아비

말은 양날의 칼
그 촌철살인의 광기로
사람을 베기도 천 냥 빚을 갚기도 하는 이중 구조물

말은 덫
한번 걸리면 상처 없이 빠져나올 수 없는
요망한 미로

말은 고문 기구
그 횡포와 부당성으로
삶을 제멋대로 정의(定義)하고 규정하는 폭력배

말은 오해의 근원
진실과 거짓이란 흑백논리로
이리 부딪치고 저리 깨져 시퍼렇게 멍든 넝마 조각

말은 소용돌이
그 빠른 회전으로
옳고 그름을 제대로 걸러내지 못하는 구멍 뚫린 그물망

마음에 관하여

온갖 욕심으로 그득한 마음의 무게를
잴 수 있는 저울이 있는가
그 무게를 제 발등 찧지 않고
내려놓을 수 있는 자 있는가

눈에 보이지 않고 손에 잡히지 않는
마음의 속도는 빛의 속도보다 빨라
찰나에도 제멋대로 이리 뛰고 저리 뛴다
내 의지가 아니니 내것이 아니다

내려놓아라 비워라 접어라 하는 말은
주객전도의 망상
마음은 생사가 벼랑 끝에 서게 되면
저절로 비워져 내려놓아진다

마음은 끈질기게 속삭인다
겁먹지 말고 다 내려놓아라
내려놓는 순간
무게는 사라지고 편안함만 남는다고

그 깨달음까지
두려움의 올무 속에서 얼마나 시달렸던가
산다는 것은 마음과의 끝없는 전쟁

고정관념이란

고정관념은
시간 속에 집적된 카르마
안이한 환경 속에서 자생한 붙박이 바이러스
융통성 없는 근시안
관념이 조작한 허구
하늘에서 벼락이 내리쳐야 부서지는 미련한 물건

고정관념의 본질은 잘못된 바탕색 위에 그려진 그림

묵은 바탕색을 지우고 새 그림을 그리려면
책을 집어던지고 똑같은 일상을 박차고 나와
과감히 지구촌 오지(奧地) 여행을 떠나보라
예상치 못한 상황을 만나 적응해가다
생각의 깊이가 달라지고
죽을 고비를 넘기며
이론과 실제의 괴리를 절감할 때
묵은 바탕색은 서서히 지워진다

에베레스트산 꼭대기에서
세상을 관조할 수 있는 자는 행운아다
지금껏 큰 의미를 부여했던
세상 모든 것이 한낱 장난감으로 둔갑할 때
잘못된 바탕색은 슬그머니 빛바랜다

고정관념은
왜곡된 인식으로 차별과 오해를 불러일으키는
만악의 근원
고정관념이란 틀을 깨부수고 나오는 순간
세상 반대편의 진면목(眞面目)이 보인다
고정관념 탈피 정도와 정신의 성숙도는 비례한다

죽음이 친구 될 때

캄캄한 밤
망망대해
난파된 배 한쪽 귀퉁이에 실려
대책 없이 표류했던 어떤 남자

혼자 사투 벌이다 기진맥진 탈진한 그 사람
지나가던 배에 의해 극적으로 구조되어 살아난
그가 무덤덤하게 했던 말

완전히 탈진해 죽음과 바로 딱 맞닥뜨리니
이상하게도 평화롭고 여유로워지며
죽음이 편안하고 따뜻한 친구가 되더라고

믿을 수도 안 믿을 수도 없는 그 말
계속 귓전을 맴돌다가
어느 순간
오쇼 라즈니쉬의 말이 스쳐가며
해답을 떨어뜨린다

인간이 지칠 대로 지쳐 쓰러지는 순간
인간은 에너지의 세 단계 중 마지막 단계인
우주적 에너지와 연결된다던 그 말

인간이 우주적 에너지와 연결되면
삶과 죽음이 하나로 포개지며
죽음이 따뜻한 친구가 되는 건 아닐까
정말 그런 건 아닐까

말의 또 다른 길

어떤 이들은 살면서 벼랑 끝까지 몰렸다가
기적같이 살아남기도 하고
또 어떤 이들은 오랜 무명 생활 끝에
자고 일어나니 유명해져 있기도 하지

이를 두고 혹자는 성령의 역사라 하고
혹자는 부처님의 가피라 한다

성령의 역사와 부처님의 가피는
같은 말인가 다른 말인가
같은 뜻인가 다른 뜻인가

말은 항상 한 갈래가 아니다
종교는 각자의 인연
종교 간의 화합은 그래서 어렵다

고목(枯木)에 핀 꽃

고목에 핀 생경한 꽃
꽃 피울 데가 하 마땅찮아
꽃이 먼저 말을 걸었나
나무가 죽지 않았다고 소리치며 손 내밀었나

고목과 꽃이 부둥켜안은 사연 풀어낼
인간이 만든 언어가 있다면
그건 거짓말 그냥 하는 소리
언제나 속내 감추고 존재하는 삼라만상

꽃은 씨를 남겨야 하고
나무는 회춘해야 하는
그들 둘만의 속사정이 끌어온
고결한 인연줄의 비밀인 것을

그래서 시인

시인의 눈은
다른 사람이 보지 못하는 것을 본다
우주 만물의 속마음을 꿰뚫는다

시인의 가슴은
생명 가진 모든 것에 애정을 품는다
시인의 품은 온 우주를 끌어안는다

시인의 감성은
모든 자연물이 다 영혼을 가진 생명체로
살아 움직이는 것을 느낀다

시인의 본성은
태생적으로 맑고 투명하다
그 맑고 투명함은 시인의 타고난 천성이다

시인의 품성은
물질에 초연하다
시를 쓰는 것은 청정 지역에 성(城)을 쌓는 작업이다

성령의 역사(役事)

성령은
낮은 데로 역사한다
빈 그릇에 역사한다
소박한 곳에 역사한다
선(善)한 곳에 역사한다

성령은
본질을 읽는 자에게 역사한다
인간관계를 통해 역사한다
간절한 자에게 역사한다
영성이 깊은 자에게 역사한다

저절로 철학

할머니는 원숭이띠
나도 원숭이띠
열두 해 네 바퀴 돌고 돈 띠동갑

어느 날 팔순 할머니 서른둘 내게 하신 말씀,
“얘야, 다 살고 보니 인생은 꿈이더라 암 꿈이고 말고”
“할머니, 그거 장자(莊子)가 한 얘긴데?”
“장자가 누구여?”
“응, 그런 사람 있어”
“팔십을 살고 뒤돌아보니 그것도 하루아침이고”
“뭐? 그건 아인슈타인 상대성이론인데?”
“뭐가 어쩐다고?”
“응, 있어 그런 거”
“그런 거 저런 거가 아니고 내 마음이 가르쳐주더라”
“할머닌 장자고 아인슈타인이네”
“유식한 말 난 모른다 너도 죽을 때 되면 저절로 알게 된다”

모르겠다

산이 높아 골이 깊은가
골이 깊어 산이 높은가

말을 잘 들어서 착한 건가
착해서 말을 잘 듣는 건가

언어의 유희(遊戲)
모르겠다
알 필요 없다

불가능한 일

사람이 사람 좋아하는 거 말릴 수 있는가
사람이 사람 싫어하는 거 막을 수 있는가
사람 마음이 이리 뛰고 저리 뛰는 거 쫓아다닐 수 있는가
사람 마음에 얼마만큼 욕심이 쌓였는지 들여다볼 수 있는가

불가능한 일이지

운명과 의지

그때 왜 그랬을까
글쎄 왜 그랬던 걸까

꼭 가야만 했을까
가지 않을 수도 있었는데

운명이었을까 의지였을까
그 어느 쪽의 부름이었을까

운명이 의지를 지배하는가
의지가 운명을 지배하는가
결국 운명이란 신(神)의 의지인가

운명과 의지는 서로 깊이 뒤엉킨
불가분의 관계
인간은 그 양자(兩者) 사이에 끼어
평생 시달릴 수밖에 없는가
해법은 신의 몫이다

어떠한지 물어보라

곧 먼 길 떠나야 하는 철새에게 물어보라
준비 다 되어 있느냐고
늘 푸른 빛으로 꼿꼿이 서 있는 소나무에게 물어보라
무슨 생각이 있기는 한 거냐고
바람 따라 흔들리는 갈대에게 물어보라
힘들어서 어떻게 사느냐고

그들에게 또 물어보라
생존이란 명제 앞에서
사랑의 감정이 꿈틀대든지
증오의 감정 또한 존재하든지
도무지 어떤 감정이 살아남든지

그들은 침묵 속에서 답한다
생존본능 앞에 감정이란 허영일 뿐이라고
질문을 던지는 인간들이 어리석다라고

전생은 존재하는가

성경을 읽으면서 동양사상에 관심이 많은 나
살다가 도저히 설명 안 되는 황당무계한 일을 당하면
본능은 전생의 내 죄목을 생각하게 한다

전생에 나는 어떤 몹쓸 짓을 했는가
지금 이 상황이 전생의 업보인가
과연 전생은 존재하기는 하는가

전생을 노래한 프랑스의 시인 샤를 보들레르
그룹 이름이 '열반'인 미국의 록 밴드 너바나(Nirvana)
서양인으로 동양적 성향을 건드리는 이들은
초능력자인가 이단아인가

시간에 과거 현재 미래가 있다면
생(生)도 전생 이생 내생이 존재하는 것이 마땅하다

내생에 대한 기대와 열망이 없다면
이생에서 성실히 살아야 할 이유가 없지 않은가
이생에 존재해야 할 이유마저도 없지 않은가

새끼 캥거루

미숙아로 태어나는 몸무게 1.5그램 미만의 새끼 캥거루
태어나자마자 그 콩알만 한 것이 자기 힘으로
스스로 엄마 배 위 육아낭 속으로 기어들어가
젖꼭지를 찾아 물고 그 속에서 상당 기간 자란다

참 신기하다
어떻게 알았을까 누가 가르쳐주지도 않았는데
그 미물이 육아낭 속으로 들어가야 살 수 있다는 것을
본능의 지시는 경외스럽다

선험적으로 학습된 본능은 지식에 앞선다
본능은 인간의 심층무의식의 발현이고
이는 신(神)의 세계
신의 섭리는 참으로 오묘하다

좁은 공간의 비밀

본인의 거처를 좁은 감옥으로 만들어
스스로를 가두고 글을 썼다는 어느 작가
감방에서 쓴 책이 베스트셀러가 된 유명인
단칸방에서 고시(高試)에 합격해 입신양명한 사람
작고 허름한 공간에서 도를 닦아 도통한 고승(高僧)

이들의 공통점은 모두 자의든 타의든
아주 협소한 공간에서 몰입했다는 사실이다

잘 몰입하려면 기(氣)를 모아야 하고
공간이 좁아야 기가 모이고 넓으면 흩어진다
자고로 큰 인물이 거처한 곳도
큰 인물을 배출한 곳도 협소한 공간이고
누구든 그런 열악한 환경에서 단련되고서야
큰 그릇으로 빚어진다

몰두하기 좋은 좁은 공간은 감옥이 아니라
축복이 예정된 상서로운 공간이다

반대 개념의 진실

인간의 인식으로
가장 높은 곳은 어디일까
가장 낮은 곳은 또 어디일까

인간의 판단으로
가장 선한 사람은 어떤 사람일까
가장 악한 사람은 또 어떤 사람일까

인간의 생각으로
가장 행복하다는 것은 무엇일까
가장 불행하다는 것은 또 무엇일까

반대 개념은 표면적 현상
깊숙이 보면 같은 것의 명(明)과 암(暗)
서로가 서로를 깊이 물고 있다

좋은 말 다른 표현

성경은 '오른손이 하는 것을 왼손이 모르게 하라' 하고
불경은 내 것을 누구에게 주었다는 생각조차 버리라는
'무주상보시(無住相布施)'를 말한다

성경은 '문을 두드리라 그리하면 너희에게 열릴 것이니'
라 하고
오쇼 라즈니쉬의 도덕경 강해는
'두드리지 마라 문은 열려있다
두드리려고 하는 마음이 문을 만든다'고 한다

곱씹을수록 생각의 깊이를 더해주는 좋은 말들
이쪽 저쪽 왔다 갔다 하며 마음을 비운다
열심히 살면서 '나(Ego)'를 내려놓는다

4부

그리움의 잔상

나의 우주

내 어릴 적 할머니 품속은
풀밭에 깔아놓은 넓고 푹신한 솜이불
눈이 와도 비가 와도 바람이 분다 해도
젖지 않고 때도 타지 않고
사시사철 개지 않아도 되는
내 마음의 이부자리
나의 우주

이제금 내가 할머니 되어
손녀 끼고 잠자리에 들면
아련한 그리움으로 다가오는 할머니 품속
못내 그립고 아쉬워 할머니 살내음 꼬옥 품고
그 옛날 나의 낙원 속으로 젖어든다

바닷속에 감춰진 그리움

밤새도록 울고 난 다음날은
엄마 품 같은 바다가 사무치게 그립다
아무렇게나 흐트러져 버리고 싶을 때는
바다가 스스로 다가와 호되게 나무란다
삶이 고달파 다 내던지고 싶을 때는
바다로 달려가 그 장엄한 표면장력과 마주한다

바다는 한없는 위안이다
바닷속에는 아득한 그리움이 숨어있다

멀리서 수평선을 바라보면
어린 시절의 추억이 되살아나고
가까이 다가가 자세히 들여다보면
청춘의 애잔함이 그리움 되어 피어오른다

바다는 바다는 메마른 가슴을 어루만져
축여주고 감싸주는 무언의 마법사이다
바닷속에는 누군가의 그리움이 살고 있다

그리운 생텍쥐페리

1900년에 태어나 44세 되던 2차 세계대전 막바지에
홀연히 이 세상에서 사라진
프랑스 작가이자 비행기 조종사 앙트완 드 생텍쥐페리

〈어린 왕자〉의 작가로 시공을 초월해
우리들 가슴에 영원히 살아있는 푸른 눈의 젠틀맨
행복했던 어린 시절의 추억을 방패 삼아
험난한 인생 여정을 감내했던 불굴의 영웅

선천적 몽상가에서 고행적 명상가로 옮겨가며
모든 것을 추론이 아닌 직관으로 판단했던
'마음의 눈'의 중요성을 가르쳐준 사람

자신의 육신을 온전히 던져 체득한 신(神)을 통해
종교의 보편성을 일찍 자각했던 사람
서양의 이원론을 넘어 동양의 종합론으로 향하며
삶과 죽음을 같은 것으로 생각했던 사람

자신이 바로 어린 왕자였던
영혼의 빛깔이 수정 같고
그 내음이 향기로 물씬했던
아! 그리운 생텍쥐페리

내 가슴 속 어린 왕자

우주 어느 작은 별에서 지구에 온
티 없이 순수한
인간 본래 모습 그대로인 어린 왕자

코끼리를 통째로 삼킨 보아뱀
대뜸 알아보는 어린 왕자

우물 도르래 줄 움직이며 물을 깨워
그 노랫소리 들을 수 있는 어린 왕자

꽃과 여우와 뱀과
이심전심으로 대화하는 어린 왕자

자기 별로 돌아갈 때를
이미 정확히 알고 있는 어린 왕자

때가 되자 뱀의 독을 빌어
홀연히 자기 별로 돌아가버린 어린 왕자

집 한 채만 한 작은 별에서 살고 있는
물질에 초연한 어린 왕자

큰 나무로 성장하면 재앙이 되는 바오밥나무의 어린싹을
미리 알고 뽑아버리는 지혜로운 어린 왕자

자신과 관계를 맺고 있는 것들에
무한한 이해와 애정 가진 어린 왕자

온갖 욕심으로 가득 찬 인간들의 심성을
정화(淨化)하고 떠난 어린 왕자

나도 그런 어린 왕자처럼 되고 싶어
아, 닮고 싶어
내 가슴 속에 늘 살아 있는 나의 어린 왕자

아! 88 서울올림픽

—이 시는 서울특별시 송파구 올림픽로 424
올림픽회관 14층(홍보관)에 전시되어 있음

1981년 9월 30일, 서독 바덴바덴 IOC 총회
사마란치 위원장이 1988 하계올림픽 개최지로
"아 라 빌 더 쎄울" 외치던 순간
하늘로부터 한 점 신령한 불씨앗이 한반도에 떨어졌다

일본 나고야를 52대27로 꺾은 대한민국의 세찬 기세는
한강의 기적을 예고하는 신호탄이었다

각고의 7년 세월 견뎌온 그 불씨앗 불잉걸 되어
'88 서울올림픽 개최'의 찬란한 불꽃으로 치솟던 날
그 장엄함에 우리도 놀라고 세계도 열광했다

폐허와 동토의 코리아, 모진 시련 딛고
번영과 축복의 땅으로 거듭나 지구촌 지축 흔드니
철의 장막 걷히고 베를린 장벽 무너져
냉전 종식과 동서 화합의 물꼬 터졌다

경제도약에 발맞춰 하나 된 국민적 열기
2002 한·일 월드컵 4강 신화를 넘어
2011 대구 세계육상선수권대회로 뻗어갔고
마침내 우리는 2018 동계올림픽 개최로
'스포츠 그랜드슬램' 달성하며 세계의 중심에 우뚝 섰다

모두가 다 88 서울올림픽 유치와 개최가 그 시작이었다

이제, 그 역동적 민족 에너지는
통일 조국을 염원하는 우리의 앞길 밝히는 성화가 되어
백두산 정상을 향해 달려갈 것이다

대한민국 만세! 글로벌 코리아 만세 만만세!

가난의 추억

지지리도 가난했던 시절
다른 소원은 없었어
그저 아무거라도 배불리 먹는 것 외에는

주린 배 움켜잡고
보리밥 한 그릇에 날된장 풋고추 놓고
아침 밥상머리에 옹기종기 모여 앉은 식구들

욕심쟁이 작은 오빠는 누가 건드릴세라
자기 밥그릇에 퉤퉤 침 뱉어놓고는
큰오빠 밥을 잽싸게 크게 한술 떠 먹다
아버지에게 귀싸대기를 맞곤 했어

점심 끼니때면
엄마는 갓 찐 뜨거운 고구마 한 소쿠리 안기며
고개를 떨구고 죄인처럼 눈치를 봤어
작은오빠는 작은 고구마 몇 개 먼저 홀랑홀랑 먹고는
남아있는 큰 고구마 한 개 냉큼 집어 들고
헛기침하며 밥상에서 물러났어
뜨거운 큰 고구마부터 집어 들고 후후 불던
큰오빠는 작은오빠 잔머리를 당할 수 없었어

아버지는 큰오빠 머리통 쥐어박으며
이렇게 굼떠서야 부모 죽고 나면
야박한 세상 어떻게 살겠냐며 나무라셨어

저녁은 영락없이 밀가루 수제비
주는 대로 받아먹고
불 끄라는 아버지 고함은 취침나팔 소리

살림살이는 맨날 그 자리가 그 자리
세월은 그렁저렁 어김없이 흘렀어

언제부턴가 갑자기 세상이 변하기 시작했어
경제개발로 천지개벽이 일어났어
모두들 잘살아보려고 죽어라 뛰었어
어느새 한강 변이 아파트 숲이 됐어
세상은 계속 줄기차게 세계로 뻗어갔어

큰오빠는 공부에 열중해 결국 판사가 되었고
작은오빠는 악전고투 끝에 사업가로 성공해
부모님 생전에 앞다투어 효도했어
어릴 때 가난이라는 쓴 약과 아픈 주사를
시도 때도 없이 먹고 맞으며 컸던 덕분이었어
가난했던 그때 그 시절
그건 이젠 먼 옛날의 아름다운 추억이 되었어

새가 되고 싶다던 엄마

집 근처 공원에서 맨발로 흙을 밟다
상큼한 새벽 공기에 심호흡하는 터에
갑자기 어디서 후드득 날아든
털이 반질반질한 새 한 마리
푸른색 머리 하얀색 몸통 빨간색 꼬리
마치 프랑스 삼색기를 연상케 하는 희귀조

내 주위를 사뿐사뿐 돌다가
벗어놓은 신발 속으로 쏙 들어간다
오른쪽 왼쪽 제 것인 양 들락거리더니
겁 없이 내 발 위에 올라서서
한번 힐긋 쳐다보고는
이 발 저 발 콕콕 쪼어댄다
"아야!"
눈을 떴다

꿈이다 너무 선명한 꿈
얼떨결에 "엄마!"
엄만가 보다 그 새는

엄마는 죽어서 새가 되고 싶다고 했다
한평생 층층시하 아홉 식구 삼시세끼 해대느라
부엌 바깥 나가 본 적 없는 엄마
한쪽 부뚜막에 돌아앉아
깊고 깊은 한숨 토해내곤 하던 엄마는
다시 태어나면 꼭 새가 되어
이곳저곳 마음대로 훨훨 날아다니고 싶다고 했다

엄마, 정말 새가 된 건가요
소원 푼 거 알려주려고 나타난 건가요
새삼 생전 엄마 삶의 무게가 뼛속 세포를 찢는다

엄마!
그땐 철이 없어 잘 몰랐어요
얼마나 갑갑했을까요
미안하다는 말은 하지 않을래요
너무 미안해서요
보고 싶은 우리 엄마
그리운 우리 어무이—

어이, 그때 그분!

어언 10년 전
미사리 어느 공원 수돗가
가족들과 캠핑온 한 남자
상추를 대충대충 씻고 있는데
결벽증 환자인 나는 그 모습을 보고
"그러면 안 돼요, 기생충이 버글버글해요"
그 남자, 나를 흘깃 보며
"괜찮아요 같이 살죠 뭐"
그때 그 말이 왜 감동으로 다가와
가슴 뭉클했는지

살다가 가끔
털털한 그의 성격상 건강엔 문제가 없었는지
오히려 하늘이 그의 넉넉함에 상을 내리셨는지
참 엉뚱한 나는
생면부지 그의 안부가 아직도 궁금하다

어이, 그때 그분!
잘 계시는지요?

그리운 친구 EJ

눈부시게 정교한 체인에
크고 작은 옥색 큐빅이 촘촘히 달린 목걸이
미국 사는 친한 친구 EJ가 보내준
그녀의 마음이 알알이 묻어있는
그 목걸이로 치장하고 외출할 때면
"EJ야, 다녀오자"
그녀의 이름을 부르며 같이 집을 나선다
보는 사람마다 예쁘다고 입을 대는 그 목걸이
오늘도 그 목걸이를 걸고
하루 종일 EJ와 같이 다니다
집에 와서 풀어 보석함에 넣으며
그녀에게 말을 건넨다
"EJ야, 즐거웠니? 네 덕분에 나 오늘 뽐냈어
옛날 생각난다 우린 어릴 적 추억이 한 보따리잖아
보고 싶다 잘 지내고 있지?"

천연 행복

부채로 더위 달래다 선풍기 나왔을 때
빙빙 돌며 시원한 바람 내뿜는
그 신기한 물건 앞에서 온 가족이 참 행복했다

냉장고 없던 시절
얼음 공장에서 얼음 한 덩어리 사와
큰 양푼에 담고 장도리와 못으로 잘게 깨서
듬성듬성 썬 수박 넣고 설탕 뿌려 휘휘 저어
온 가족이 한 사발씩 나눠 먹고
세상을 다 얻은 기분이었다

아무런 통신수단도 이렇다 할 교통수단도 없던 시절
설이 되면 이모네 집에 엄마 심부름 갔던 소녀는
설날 떡국 먹으러 오라는 엄마 말 한마디 전하러
왕복 이십 리 길 걸으면서 힘들었을까
아니다 설날 통큰 이모부에게
세뱃돈 두둑이 받을 부풀음에 힘든 줄 몰랐다

아련한 그리움으로 남아있는
그런 행복은 천연 행복이다
그 속에서 인간은 살맛을 느꼈다

지금 초고속 기계문명의 진화로
모든 것이 동시에 완벽히 구비된 세상
휴대폰 없이는 단 한 순간도 숨 쉴 수 없는 환경
기계의 노예로 살면서
인간은 과연 더 행복한가

물질문명의 홍수 속에서
인간의 심령은 점점 더 사막화되었을 뿐
그런 모조 행복 속에서
인간은 스트레스를 끌어안고 그냥 살 뿐
더 행복해지지는 않는다

5부

이래저래 넋두리

부러움의 변천사

어렸을 땐 텔레비전에 나오는 사람이 왜 그리 부럽던지
학교 다닐 땐 공부 잘하는 친구가 샘났지만 부러웠고
사춘기엔 예쁜 애들이 주눅 들게 부러웠지

대학 시절엔 꿈이 야무진 사람이 어쩌면 그렇게 부럽던지
결혼하니 가정적인 남편 둔 친구들이 더없이 부러웠고
애들이 크니 돈 걱정 안 하는 이웃이 얼마나 부러웠는지
어느덧 중년이 되니 속 썩이는 가솔 없는 집이 최고로 부럽더라고

장년이 되니 아직도 서로 애틋한 부부가 세상에서 제일 부러웠지
노년이 되니 혈압약 당뇨약 안 먹는 사람들이 신기해서 부러웠고
죽을 때 되니 잠결에 영원히 가는 사람이 부러움의 대상이더라고

아, 그러고 보니 인생은 부러움으로 시작해 부러움으로 끝나는구나

어느 할머니의 첫사랑 호동 왕자

어느 할머니의 아련한 기억 한 토막
1956년에 상영된 '왕자 호동과 낙랑 공주'라는 영화 한 편

그때 중학교 1학년 소녀였던 그 할머니는
말 타고 전쟁터 누비는
고구려 호동 왕자의 호방한 모습과
낙랑 공주의 아리따운 모습에 반해
하라는 공부는 안 하고
엄마 몰래 내리 사흘 영화관 들락거리다 들켜
장작개비로 엉덩이를 죽도록 두들겨 맞았어

그 순진무구 했던 열세 살 소녀의 가슴에 박힌
호동 왕자의 큐피드 화살
어찌나 야무지게 박혔는지
그 화살 68년째 박고 사는 80을 넘긴 그 할머니는
지금도 그리운 그 옛 시절로 돌아가
빛바랜 사진첩 속에 아직도 간직해 둔
호동 왕자의 사진을 쓰다듬으며
호동 왕자였던 배우 고(故) 김동원 님을 추억한다
살며시 사진첩을 덮으며 돌아앉아 미소 머금는다

끈 떨어진 연(鳶)

젊은 시절 직장과 살림살이에
눈코 뜰 새 없이 바쁘게 산 어떤 엄마
생후 1개월 된 딸을 시골 친정집에 맡겨버린 그 엄마
유아기에 외할머니 손에 크며
아빠 얼굴도 엄마 품의 따뜻함도 모른 채
끈 떨어진 연(鳶) 신세가 되어
허공에서 너풀댔을 그 아이의 마음은 어디를 헤맸을까

유치원 보낼 때가 돼서야 데려온 그 아이는
키워준 외할머니 치맛자락에 숨어
엄마랑 눈 마주치려 하지도 안기려 들지도 않는다

방으로 들어가 베개 베고 오른쪽 엄지손가락은 빨고
왼쪽 손으로는 베개 모서리 살살 돌리며
마냥 누워만 있는 아이

아이의 그런 행위는 부모의 애정 결핍과
분리 공포 극복을 위한 자기 처방이라는
소아정신과 의사 얘기

딸아이 마음 헤아리지 못했던 그 엄마
직장을 그만두고 아이의 치료에 집중하자
드디어 마음을 열기 시작한 딸

'아기 사슴 밤비'란 동화책을 들고 와 같이 읽자며
엄마 품에 안기는 그 아이
엄마는 딸 이름 대신 "밤비야, 밤비야" 불러주며
"네가 바로 동화책 속 밤비네"하면
"밤비는 수사슴인데?"라며 그래도 좋아라 배시시 웃는
엄마 마음에 들려고 이쁜 짓만 하는 그 아이

사회적 성공보다 더 소중한 것이 있다는 걸 깨달은
그 엄마와 끈 떨어진 연이었던 그 딸은
이제 세상에서 가장 친한 친구가 되었다네

일의 때와 조건

초조함은 마음일 뿐
될 일은 되고 안 될 일은 안 된다
된 일은 때와 조건이 무르익어서고
안 된 일은 그렇지 못해서다

나뭇잎은 가을이 돼야 단풍 들고
언 땅은 녹아야 싹을 틔운다

이제일까 저제일까
기다리는 세월 너무 지루해
하늘도 원망해 보고 스스로도 질타해 보지만
하는 일마다 되는 게 없고 낭패만 본다면
아직 때가 덜 된 것

때는 사람마다 달라
초년 중년 말년
언제 찾아올지 모르지만
준비된 자에게는
때가 이르면 운(運)의 축(軸)이 흔들려
소리 없이 하늘문이 열리고 주단이 깔려
자신의 무대가 펼쳐질 때가 올 것이니
열심히 준비하며 그때를 기다리자
하늘은 스스로 돕는 자를 돕는다고 했으니

천상천하유아독존(天上天下唯我獨尊)

원래 의미가 자칫 잘못 해석되고 있는
'천상천하유아독존'이란 말
직역하면 '하늘 위 하늘 아래 오직 나 홀로 존귀하다'는 뜻
세간에는 '유아독존'만을 떼서
오직 자기밖에 모르는 이기적이고 안하무인인 사람을
가리킬 때 쓰는 말로 잘못 이해하고 있기도 하지만

석가모니의 탄생게인 '천상천하유아독존'에서
'아(我)'는 석가모니 자신을 의미하는 것이 아니고
이 세상에 존재하는 모든 생명체를 의미하는 것으로써
이는 곧 인간을 포함한 모든 생명의 근원적 존엄성을 천명한 말

가장 고귀한 뜻을 가장 속된 의미로 오해하지 마시기를!

오감(五感)의 덫

인간은 오감이라는 감각기관을 갖고 태어나서
그것이 주는 행복에 취하기도 하지만
잘못 그 덫에 걸려 정신줄 놓다가는 큰 곤욕 치른다

매력적인 이성 잘못 눈에 담아 상사병 자초하고
남 허물 들추는데 귀 쫑긋해 훈수 두다 망신살 뻗치고
돈 냄새 맡기 좋아하다 쇠고랑 차기 일쑤고
식탐과 술 유혹에 몸 망치고
남녀가 함부로 살 맞대다가 불륜 저지르고

오감의 덫에 한 번도 걸려들지 않은 자
그는 딴 세상에서 온 냉혈한일 터
오감이라는 원죄 갖고 태어나
뜨거운 피 주체 못하는 인간들에게
신(神)이시여, 부디 관용 베푸소서

맹세라는 거짓말

맹세라는 말 함부로 하지 말았어야 했소
달콤한 맹세는 더더욱 그랬소
그리 쉽게 한 맹세에 속아
한평생 이제나저제나 쳐다보며 견디고 산
내 가슴은 이제 숯검댕이가 되었소

어쩌자고 앞뒤 안 재고
덜렁 믿어버리고만 내 잘못 이제 와서
누굴 탓하겠소

처음부터 속일 작정은 아니었을 거요
생각 없이 함부로 한 그 그럴듯한 말을
세상 물정 몰라 철석같이 믿은 내 잘못이 크오

다시는 그런 말장난에 속아 넘어가지 않겠소만
당장 남은 건 가슴 칠 일밖에 없으니
변명이나 미안하다는 말로 얼버무리려 들지 말고
제발 가만히 있어 주기나 하시오
난 말이란 게 다 싫어서 죽겠소
세상 말이란 말 다 없어졌으면 좋겠단 말이오
힘 빠져 말할 기운도 들어줄 기운도 없으니
이쯤에서 끝내시오

인생사 뭐가 뭔지

뭐가 뭔지 알지도 못하고 살아왔네
뭐가 뭔지 조금 아니 세상사 마음대로 되지 않네
뭐가 뭔지 파고드니 몸과 마음에 병이 오네
뭐가 뭔지 조금 더 알게 되니 죽음이 머지않네

참 인생사 뭐가 뭔지 다 알 수는 없네

이제 그만 내려오소

높은 데 너무 오래 앉아있었소
빤한 얘기지만 한마디만 해야겠소
평생 검은돈 파먹고 살았잖소
눈먼 돈이었다고 해도 그게 그거요
더 이상 욕심부리지 말고 이제 그만 내려오소
자식들 걱정 핑계 대지 말고 그냥 내려오란 말이오

당신 자식들 애비 덕에 땀 안 흘리고 잘 살았잖소
돈 줘봐야 절대 지키지 못하오
바로 말해 당신 과보(果報)라 받아야 할 거요

더 머뭇거리다간 하늘이 용서하지 않을 거요
험한 꼴 안 보려면
손 잡아 줄 사람 있을 때
뒤돌아보지 말고 냉큼 내려오소
더는 못 하오 최후통첩이오

목련의 사연

목련의 다른 이름을 아시는지요
꽃이 필 때 오로지 북쪽을 향해서만 피기 때문에
북향화라고도 불린답니다
왜 목련은 머리를 북쪽으로 돌리고 피는 걸까요
북쪽을 향한 말 못 할 사연이라도 있는 걸까요

북쪽은 오행(五行)으로는 물(水)이고
빛깔로는 검은색이니 바다를 의미한다고 생각됩니다
혹여 목련이 북쪽 바다를 그리워하는 건 아닐까요

놀랍게도 설화(說話)는 이렇게 말합니다

'하늘나라 공주님이 북쪽에 살고 있는 바다의 신을
사모하였다. 공주는 집에서 도망쳐 바다의 신이 사는
북쪽으로 갔다. 그러나 바다의 신에게는 이미 아내가
있었다. 오갈 데 없어진 공주는 바다에 몸을 던졌다.
이를 불쌍히 여긴 바다의 신은 양지바른 곳에 공주를
묻어주고 자기 아내까지 독약을 먹여 공양의 의미로
옆에 묻었다. 공주는 백목련이 되고 아내는 자목련이
돼서 바다의 신이 사는 북쪽을 향해 꽃을 피웠다.'

목련의 마음이 담긴 슬픈 설화이지요
하지만 사실상 목련이 북쪽을 향해 피는 이유는
햇빛을 많이 받는 꽃덮개가 빠른 성장을 하면서
북쪽으로 기울기 때문이랍니다
어쨌건 북쪽 기운이 목련을 끌어당기는 건 분명하네요
그러나 그 생명의 숨은 사연을 누가 어찌 다 알 수 있을까요
나도 모릅니다 당신도 모릅니다
하지만 목련은 잊지 않고 이른 봄이면
늘 북쪽을 향해 소담스러운 꽃망울을 터트립니다
하늘이 주신 소명을 다하는 것인가 봅니다

사랑하는 마음 있어

사랑하는 마음 있어 참 좋습니다
세월이 가져다준 선물입니다
사랑보다 미움이 더 깊었던 세월이 있었습니다
누군가를 죽도록 미워했던 날들도 많았습니다
민망하고 후회스러운 일입니다

이제는 압니다
미움의 대상이 있다는 것은 삶의 필연이고
미움은 세월의 용광로에 녹여 승화시키면
끝내 사랑으로 다시 태어난다는 것을
이거 하나 아는 데 얼마나 많은 시간을 소모했는지
생각할수록 아리고 답답합니다

이제는 압니다
자세히 들여다보면
모든 생명은 다 제 뿌리 박느라
안간힘을 쓰는 애처로운 존재들이라는 것을

풍상을 겪으며
세월이 가르쳐 준 소중한 선물입니다
사랑하는 마음 있어 편안합니다
참 편안합니다
감사할 따름입니다

한번 꽃이 되어보라

한번 꽃이 되어보기 전에는
꽃을 논하지 말라

꽃이 된다는 것은
'나'를 버리고 꽃 속에 침잠해
꽃의 맥박이 나의 맥박이 되어
꽃의 생명력과 하나가 되는 것

꽃이 된다는 것은
꽃과 같이 비바람을 맞고
꽃과 같이 찬 서리를 견디고
꽃과 같이 뭇 벌레에 시달리며
꽃의 슬픔과 괴로움과 불편함을 고스란히 느끼다
햇빛에 몸 추스르느라 기지개 켜며 방긋 웃는 것

진실로 진실로 꽃이 되어보아라
한 번만이라도 '나'를 잊고 망아(忘我)의 상태에서
꽃이 되어 그 꽃으로 존재해 보라
그 꽃과 합일(合一)해
그 꽃의 생명 전체를 알기 전에는
말과 글로 꽃을 논하지 말라

소망 하나 심습니다

많이 부족한 사람임을 고백합니다

늦었지만 이제라도
내려놓는 마음이 일상사 되는 소망 하나 심습니다
늘 남의 입장을 먼저 생각하고자 하는 소망 하나 심습니다
겸손의 미덕을 깨우치고픈 소망 하나 심습니다
매사에 절제력과 평정심 갖고픈 소망 하나 심습니다
영혼이 맑은 사람을 곁에 두고픈 소망 하나 심습니다
지친 심령들의 위로가 되고픈 소망 하나 심습니다
모든 생명에 대한 경외심 품을 수 있는 소망 하나 심습니다
죽음에 초연할 수 있는 간절한 소망 하나 심습니다

이 모든 소망이 잘 이루어지길 바라는 마지막 소망 하나 심습니다

내 안의 두레박

이명경 지음

발행처 도서출판 청어
발행인 이영철
영업 이동호
홍보 천성래
기획 육재섭
편집 이설빈
디자인 이수빈 | 김영은
제작이사 공병한
인쇄 두리터

등록 1999년 5월 3일
(제321-3210000251001999000063호)

1판 1쇄 발행 2024년 12월 1일

주소 서울특별시 서초구 남부순환로 364길 8-15 동일빌딩 2층
대표전화 02-586-0477
팩시밀리 0303-0942-0478
홈페이지 www.chungeobook.com
E-mail ppi20@hanmail.net

ISBN 979-11-6855-304-0(03810)